# YEH-HSIEN

retold by Dawn Casey
illustrated by Richard Holland

Farsi translation by Anwar Soltani

Mantra Lingua

به روایت تومارهای قدیمی، سالها پیش در جنوب کشور چین دختری زندگی میکرد که یای ـ شِن نام داشت. او از زمان کودکی زرنگ و مهربان بود. در بزرگی دچار اندوه عظیمی شد، چون مادرش مُرد و بعد هم پدرش. یای ـ شِن زیر سرپرستی نامادری قرار گرفت.

اما نامادری خودش دختری داشت و علاقه‌ای به یای ـ شِن نشان نمیداد. به زحمت غذایی به او میداد و بغیر از لباسِ کهنه و پاره چیزی به او نمی پوشاند. مجبورش میکرد از خطرناکترین جنگلها هیزم بیاورد و از گودترین برکه‌ها آب کشی کند.
یای ـ شِن تنها یک دوست داشت ...

Long ago in Southern China, so the old scrolls say, there lived a girl named Yeh-hsien. Even as a child she was clever and kind. As she grew up she knew great sorrow, for her mother died, and then her father too. Yeh-hsien was left in the care of her stepmother.

But the stepmother had a daughter of her own, and had no love for Yeh-hsien. She gave her hardly a scrap to eat and dressed her in nothing but tatters and rags. She forced Yeh-hsien to collect firewood from the most dangerous forests and draw water from the deepest pools.
Yeh-hsien had only one friend...

... ماهی کوچکی با پولکهای قرمز و چشمان طلائی. دست کم وقتی یای ـ شِن برای اولین بار او را دید،
ماهی کوچکی بود. اما با غذا و عشق تغذیه‌اش کرد تا اینکه بزودی کاملاً بزرگ شد. هر موقع که به برکه
میرفت ماهی سرش را از آب بیرون میآورد و کنار دست او بر روی ساحل میگذاشت. هیچکس از راز او
خبر نداشت. تا اینکه روزی نامادری از دخترش پرسید: "این یای ـ شِن با دانه‌های برنج کجا میرود؟"
دختر پیشنهاد کرد و گفت: "چرا دنبالش نمیروی ببینی؟"

باین ترتیب، نامادری خود را پشت بوته‌های نی قایم کرد و منتظرانه چشم به راه دوخت.
یای ـ شِن را دید که از خانه بیرون آمد، دستش را توی برکه برد و آب را به هم زد.
آنگاه آواز داد: "ماهی! هی ماهی!" ولی ماهی با احتیاط داخل آب ماند. نامادری او را نفرین
کرد و گفت: "ای موجود بی استفاده! خدمتت خواهیم رسید..."

...a tiny fish with red fins and golden eyes. At least, he was tiny when Yeh-hsien first found him. But she nourished her fish with food and with love, and soon he grew to an enormous size. Whenever she visited his pond the fish always raised his head out of the water and rested it on the bank beside her. No one knew her secret. Until, one day, the stepmother asked her daughter, "Where does Yeh-hsien go with her grains of rice?"
"Why don't you follow her?" suggested the daughter, "and find out."

So, behind a clump of reeds, the stepmother waited and watched. When she saw Yeh-hsien leave, she thrust her hand into the pool and thrashed it about. "Fish! Oh fish!" she crooned. But the fish stayed safely underwater. "Wretched creature," the stepmother cursed. "I'll get you..."

اندکی دیرتر آنروز نامادری به یای ـ شِن گفت: "تو خیلی کار کرده‌ای! حالا شایستهٔ داشتن یک پیراهن نو هستی." بعد یای ـ شِن را واداشت لباسهای پاره پوره خود را عوض کند و به او گفت: "حالا برو از چشمه آب بیاور. لازم هم نیست عجله کنی."

همینکه یای ـ شِن راه افتاد، نامادری پیراهن ژندهٔ او را پوشید و با شتاب خود را به آبگیر رساند. چاقوئی هم در آستین پیراهن پنهان کرده بود.

"Haven't you worked hard!" the stepmother said to Yeh-hsien later that day. "You deserve a new dress." And she made Yeh-hsien change out of her tattered old clothing. "Now, go and get water from the spring. No need to hurry back."

As soon as Yeh-hsien was gone, the stepmother pulled on the ragged dress, and hurried to the pond. Hidden up her sleeve she carried a knife.

ماهی تا چشمش به پیراهن یای ـ شِن افتاد، سرش را به سرعت از آب بیرون آورد. آنگاه نامادری خنجری به او زد. هیکل درشت ماهی با تکانهای زیاد به کنار آب افتاد. مُرد.

آنشب نامادری ماهی را پُخت و پیروزمندانه گفت: "چقدر خوشمزه است! دو برابر ماهی معمولی لذیذ است." نامادری و دخترش آخرین قسمتهای دوست یای ـ شِن را باهم خوردند.

The fish saw Yeh-hsien's dress and in a moment he raised his head out of the water. In the next the stepmother plunged in her dagger. The huge body flapped out of the pond and flopped onto the bank. Dead.

"Delicious," gloated the stepmother, as she cooked and served the flesh that night. "It tastes twice as good as an ordinary fish." And between them, the stepmother and her daughter ate up every last bit of Yeh-hsien's friend.

روز بعد، وقتی یای ـ شِن دوست ماهی خود را صدا زد، جوابی نیامد. وقتی او را دوباره صدا کرد، صدایش عجیب و بلند بود. در شکم خود احساس پیچش کرد. دهانش خشک بود. چهار دست و پا خزه‌ها را کنار زد. ولی غیر از پولکهای درخشان زیر تابش آفتاب چیزی ندید. فهمید که تنها دوستش دیگر زنده نیست.

یای ـ شِن با گریه و زاری روی زمین افتاد و سرش را میان دستهای خود گرفت. به همین دلیل متوجه نشد که پیرمردی از آسمان پائین میآید.

The next day, when Yeh-hsien called for her fish there was no answer. When she called again her voice came out strange and high. Her stomach felt tight. Her mouth was dry. On hands and knees Yeh-hsien parted the duckweed, but saw nothing but pebbles glinting in the sun. And she knew that her only friend was gone.

Weeping and wailing, poor Yeh-hsien crumpled to the ground and buried her head in her hands. So she did not notice the old man floating down from the sky.

بادی ملایم به صورتش وزید، یای ـ شِن با چشمانی قرمز سرش را بلند کرد. پیرمرد نگاهی به پائین انداخت. موهایش پریشان و لباسش زمخت بود اما چشمانی سرشار از مهربانی داشت.

مرد به آرامی گفت: "گریه نکن! نامادریت ماهی را کُشت و اُستخوانهایش را در زباله‌دانی پنهان کرد. برو و استخوانها را بیاور. نیروی جادوئی بزرگی در آنها نهفته است. هرچه آرزو کنی برایت فراهم میکنند."

A breath of wind touched her brow, and with reddened eyes Yeh-hsien looked up. The old man looked down. His hair was loose and his clothes were coarse but his eyes were full of compassion.

"Don't cry," he said gently. "Your stepmother killed your fish and hid the bones in the dung heap. Go, fetch the fish bones. They contain powerful magic. Whatever you wish for, they will grant it."

یای ـ شِن راهنمائیهای مردِ فرزانه را انجام داد، استخوانهای ماهی را آورد و در اطاق خود پنهان کرد. بیشتر وقتها این استخوانها را در دست میگرفت. احساس میکرد در دست او صاف و سرد و سنگین هستند. خیلی وقتها دوست خود را بیاد میآورد. اما گاه به گاه آرزوئی هم میکرد.

اکنون دیگر یای ـ شِن به هر نوع خوراک یا پوشاکی که میخواست دسترسی داشت، همچنین به سنگ یشم و مرواریدهای صورتی کمرنگ.

Yeh-hsien followed the wise man's advice and hid the fish bones in her room. She would often take them out and hold them. They felt smooth and cool and heavy in her hands. Mostly, she remembered her friend. But sometimes, she made a wish.

Now Yeh-hsien had all the food and clothes she needed, as well as precious jade and moon-pale pearls.

بعد از مدت کوتاهی بوی شکوفه‌های آلو، فرارسیدن بهار را اعلام کرد. اکنون زمان جشن بهاره بود، مردم جمع میشدند تا یاد گذشتگان خود را پاس بدارند، دختران و پسران جوان هم امیدوار بودند برای خود همسری بیابند.

یای ـ شِن آهی کشید و گفت: "آخ، چقدر دوست داشتم آنجا بروم."

Soon the scent of plum blossom announced the arrival of spring. It was time for the Spring Festival, where people gathered to honour their ancestors and young women and men hoped to find husbands and wives.

"Oh, how I would love to go," Yeh-hsien sighed.

ناخواهریش گفت: " تو؟! تو نمیتوانی بروی!"
نامادری به او فرمان داد و گفت: "تو باید در خانه بمانی و از درختهای میوه مواظبت کنی."
این روند کارها بود یاخود چنین میشد اگر یای ـ شِن ارادۀ محکمی نداشت.

"You?!" said the stepsister. "You can't go!"
"*You* must stay and guard the fruit trees," ordered the stepmother.
So that was that. Or it would have been if Yeh-hsien had not been so determined.

همینکه نامادری و ناخواهریش از پیش چشم او دور شدند، یای ـ شِن در برابر استخوانهای ماهی زانو زد و آرزویی کرد. آرزویش بلافاصله عملی شد.

یای ـ شِن شنلی ابریشمی به تن داشت، که با پرهای مرغ ماهیخوار تزئین شده بود. همهٔ پرها روشن و براق بودند و همگی در سایهٔ رؤیائی نیلی و آسمانی و فیروزه‌ای بر رنگ آبی برکه ـ محل پیشین زندگی ماهی، میتابیدند. او کفشهای طلائی به پا، به زیبائی درخت بید مجنون هنگام وزش نسیم، براه افتاد.

Once her stepmother and stepsister were out of sight, Yeh-hsien knelt before her fish bones and made her wish. It was granted in an instant.

Yeh-hsien was clothed in a robe of silk, and her cloak was crafted from kingfisher feathers. Each feather was dazzling bright. And as Yeh-hsien moved this way and that, each shimmered through every shade of blue imaginable – indigo, lapis, turquoise, and the sun-sparkled blue of the pond where her fish had lived. On her feet were shoes of gold. Looking as graceful as the willow that sways with the wind, Yeh-hsien slipped away.

وقتی به محل جشن نزدیک شد، احساس کرد زمین با آهنگ رقص به لرزه درآمده است. بوی گوشت تُردِ بریان و عطر شرابِ خوشبو به دماغش میخورد و صدای موسیقی و آواز و خنده به گوشش میرسید. هرجا نگاه میکرد، مردم وقت خوشی میگذراندند. از شادی لبخند بزرگی بر لبان یای ـ شِن نقش بسته بود.

As she approached the festival, Yeh-hsien felt the ground tremble with the rhythm of dancing. She could smell tender meats sizzling and warm spiced wine. She could hear music, singing, laughter. And everywhere she looked people were having a wonderful time. Yeh-hsien beamed with joy.

بسیاری از مردم روی خود را به سوی آن دختر ناشناخته برگرداندند.
نامادری یای ـ شِن راورانداز کرد و باتعجب گفت: "این دختر کیست؟"
ناخواهری با قیافه‌ای گرفته و حالتی گمان آمیز گفت: "کمی هم به یای ـ شِن شبیه است."

Many heads turned towards the beautiful stranger.
"Who *is* that girl?" wondered the stepmother, peering at Yeh-hsien.
"She looks a little like Yeh-hsien," said the stepsister, with a puzzled frown.

یای ـ شِن سنگینیِ نگاه آنها را حس کرد، و خود را روبروی نامادری یافت. قلبش سرد شد و لبخند از لبهایش گریخت. یای ـ شِن چنان با شتاب فرار کرد که یکی از کفشها از پایش بیرون آمد. اما جرأت نکرد بایستد و آنرا بردارد، پس با یک لنگه کفش تا منزلشان دوید.

Yeh-hsien felt the force of their stares and turned around, and found herself face to face with her stepmother. Her heart froze and her smile fell. Yeh-hsien fled in such a hurry that one of her shoes slipped from her foot. But she dared not stop to pick it up, and she ran all the way home with one foot bare.

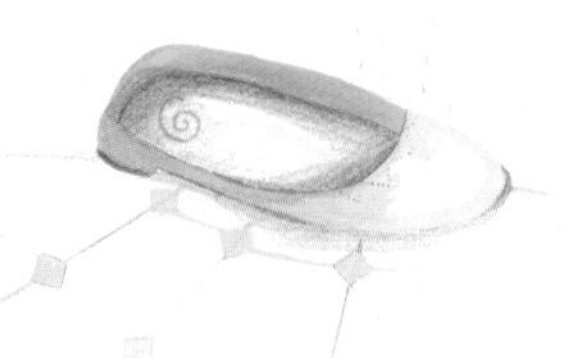

وقتی نامادری به خانه برگشت، یای ـ شِن را دید که بازوها بدور یکی از درختهای باغچه حلقه زده به خواب رفته است. اندکی به نادختریش نگاه کرد، هرّی زیر خنده زد و گفت: "مرا ببین که فکر میکردم خانم مراسم جشن تو بودی!" و دیگر دربارهٔ آن فکر نکرد.

و اما چه بر سر لنگه کفش طلائی آمد؟ در میان چمنهای بلند پنهان ماند و با آب باران و قطره‌های شبنم شستشو یافت.

When the stepmother returned home, she found Yeh-hsien asleep, with her arms around one of the trees in the garden. For some time she stared at her stepdaughter, then she gave a snort of laughter. "Huh! How could I ever have imagined *you* were the woman at the festival? Ridiculous!" So she thought no more about it.

And what had happened to the golden shoe? It lay hidden in the long grass, washed by rain and beaded by dew.

صبح روز بعد، پسر جوانی از میان انبوه مه پدیدار شد. برق طلاها به چشمش تابید. "این چیست؟" باعجله کفش را برداشت و گفت: "... باید چیز مخصوصی باشد." پس لنگه کفش را برداشت و به "توی هان" یعنی جزیرهٔ همسایه‌شان برد و به پادشاه تقدیم کرد.

شاه کفش را در دستهای خود از این رو به آن رو گرداند و با تعجب گفت: "این یک دمپائی ممتاز است. اگر زنی را بیابم که اندازهٔ پایش باشد، همسر خود را هم یافته‌ام." شاه فرمان داد همهٔ زنان دربار کفش را امتحان کنند اما کفش به همهٔ پاها، حتی کوچکترینِ آنها به اندازهٔ یک اینچ کوچک بود. شاه تصمیم گرفت و گفت: "من همهٔ سلطان نشین خود را میگردم." ولی کسی یافت نشد که کفش اندازهٔ پایش باشد.
شاه اعلام کرد: "لازم است هرطور شده زنی را که کفش به اندازهٔ پایش باشد پیدا کنم. ولی چگونه؟" بالاخره فکری به مغزش رسید.

In the morning, a young man strolled through the mist. The glitter of gold caught his eye. "What's this?" he gasped, picking up the shoe, "…something special." The man took the shoe to the neighbouring island, To'han, and presented it to the king.

"This slipper is exquisite," marvelled the king, turning it over in his hands. "If I can find the woman who fits such a shoe, I will have found a wife." The king ordered all the women in his household to try on the shoe, but it was an inch too small for even the smallest foot. "I'll search the whole kingdom," he vowed. But not one foot fitted. "I must find the woman who fits this shoe," the king declared. "But how?"
At last an idea came to him.

شاه و پیشخدمتهایش کفش را کنار جاده‌ای گذاشتند. بعد هم خود را پنهان کردند و منتظر ماندند ببینند آیا کسی میآید آنرا بگیرد.
وقتی یک دختر ژنده‌پوش کفش را قاپید و رفت، مردان شاه فکر کردند دزد است.
اما شاه نگاهی به پای او کرد و فوراً گفت: "دنبالش کنید."

مردانِ شاه دروازهٔ خانه‌ی یای ـ شِن را کوبیدند و فریاد زدند: "در را باز کنید!"
شاه همهٔ اطاقهای خلوت منزل را گشت تا یای ـ شِن را پیدا کرد. کفشهای طلائی در دستش بود.
شاه گفت: "لطفاً آنها را بپوش."

The king and his servants placed the shoe by the wayside. Then they hid and watched to see if anyone would come to claim it.
When a ragged girl stole away with the shoe the king's men thought her a thief.
But the king was staring at her feet.
"Follow her," he said quietly.

"Open up!" the king's men hollered as they hammered at Yeh-hsien's door.
The king searched the innermost rooms, and found Yeh-hsien.
In her hand was the golden shoe.
"Please," said the king, "put it on."

نامادری و ناخواهری با دهان باز یای ـ شِن را نگاه میکردند که به نهانگاه خود رفت. آنگاه شنل
پر بر تن و کفشهای طلائی به پا، بیرون آمد. او مانند فرشته‌های آسمان زیبا بود. شاه فهیمد که
عشق خود را یافته است.

باین ترتیب یای ـ شِن با شاه ازدواج کرد. همه جا چراغانی و با شعارهای پارچه‌ای تزئین شد.
طبل و سنجها نواختند و غذاهای خوشمزه پختند. جشن و شادی هفت روز طول کشید.

The stepmother and stepsister watched with mouths agape as Yeh-hsien went to her hiding place. She returned wearing her cloak of feathers and both her golden shoes. She was as beautiful as a heavenly being. And the king knew that he had found his love.

And so Yeh-hsien married the king. There were lanterns and banners, gongs and drums, and the most delicious delicacies.
The celebrations lasted for seven days.

اکنون یای ـ شِن و پادشاه همهٔ چیزهائی را که میتوانستند آرزو کنند، داشتند.
شبی استخوانهای ماهی را در کنار دریا چال کردند و آب آنها را شُست و بُرد.

روح ماهی آزاد شد، و برای همیشه در دریای زیر تابش آفتاب شناور گردید.

Yeh-hsien and her king had everything they could possibly wish for. One night they buried the fish bones down by the sea-shore where they were washed away by the tide.

The spirit of the fish was free: to swim in sun-sparkled seas forever.